Tu comprendras quand tu seras plus grande

de Virginie Grimaldi

lePetitLittéraire.fr

Analyse de l'œuvre

Par Kelly Carrein

Tu comprendras quand tu seras plus grande

de Virginie Grimaldi

Rendez-vous sur lepetitlitteraire.fr et découvrez :

Plus de 1200 analyses
Claires et synthétiques
Téléchargeables en 30 secondes
À imprimer chez soi

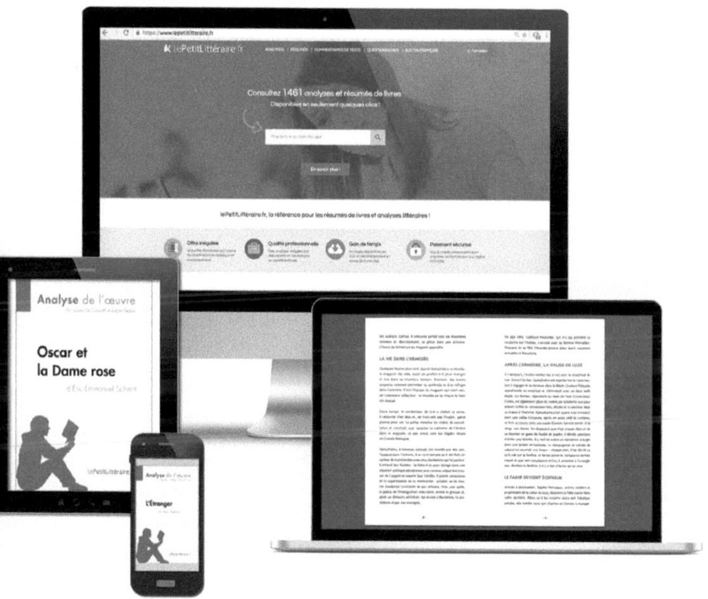

TU COMPRENDRAS QUAND TU SERAS PLUS GRANDE

L'HISTOIRE D'UNE RENAISSANCE

- **Genre :** roman.
- **Édition de référence :** *Tu comprendras quand tu seras plus grande*, Paris, Le Livre de Poche, 2016, 473 p.
- **1ʳᵉ édition :** 2016.
- **Thématiques :** deuil, vieillesse, famille, amour, amitié, introspection.

Tu comprendras quand tu seras plus grande est le deuxième roman de Virginie Grimaldi. Il la positionne véritablement comme l'une des cheffes de file du roman « feel good ». L'histoire de Julia, jeune psychologue qui vient de perdre son père de façon inattendue, peut parler à chaque lecteur. Le roman suit son parcours de deuil et sa reconstruction à travers les rencontres qu'elle fait à la maison de retraite Les Tamaris : les personnes âgées qui lui dispensent des leçons de vie ; ses nouveaux collègues qui lui offrent leur amitié et leur soutien inconditionnels ; et Raphaël, le petit-fils d'une résidente qui lui fait de nouveau croire à l'amour. Comme dans tout ouvrage dit « feel good », le lecteur rit, pleure, mais passe avant tout un bon moment. Le roman est accueilli plus que positivement par les blogueurs littéraires qui le couvrent d'éloges, ainsi que par la presse qui le qualifie de « belle réussite » (Dauphiné libéré). Il truste les premières places des ventes à sa sortie, et jouit d'excellentes notes sur les sites de vente en ligne.

VIRGINIE GRIMALDI

ÉCRIVAIN FRANÇAIS

- **Née en 1977 à Bordeaux.**
- **Quelques-unes de ses œuvres :**
  - *Le premier jour du reste de ma vie* (2015), roman.
  - *Il est grand temps de rallumer les étoiles* (2018), roman.
  - *Chère Mamie au pays du confinement* (2020), recueil.

Intéressée par l'écriture depuis l'enfance, c'est en 2009 que Virginie Grimaldi se lance en créant le blog *Femme Sweet Femme* où elle partage de courts écrits à tendance humoristique. Son premier roman, publié en 2015, devient vite un bestseller, tout comme ceux qui suivront. En 2020, elle est la deuxième romancière française la plus lue (avec plus de 800 000 exemplaires), juste derrière Guillaume Musso.

Les romans de Virginie Grimaldi se classent dans la mouvance de la « chick lit », c'est-à-dire d'une littérature écrite par des femmes, à destination d'un public majoritairement féminin. Ses œuvres se caractérisent également par leur appartenance au style « feel good », de plus en plus populaire : des histoires simples, centrées sur les rapports entre les personnages, qui se terminent toujours bien et permettent au lecteur de s'évader, tout en lui offrant une nouvelle perspective sur sa propre vie.

RÉSUMÉ

TOUT BASCULE

C'est un samedi soir que la vie de Julia, une jeune psychologue qui vit à Paris, bascule : son père vient de mourir d'une crise cardiaque. Effondrée, elle ne peut pas compter sur Marc, son fiancé, qui fait la sourde oreille et minimise sa douleur. Elle le quitte alors et sombre dans une spirale infernale, faite de litres d'alcool et de relations sans lendemain. Un jour, elle se rend compte que son père aurait honte d'elle s'il la voyait comme ça. Suite à cet électrochoc salvateur, elle décide de retourner à Biarritz, la ville dont elle est originaire, sans pour autant en avertir sa mère ni sa sœur, qui y résident toujours.

C'est sans grand enthousiasme qu'elle accepte un poste de psychologue dans la maison de retraite Les Tamaris, pour un remplacement maternité de huit mois. À la fin du roman, le lecteur découvre cependant que Julia a rejoint les Tamaris pour une autre raison : Louise, l'une des résidentes, est en fait sa grand-mère, qui a récemment souffert d'un AVC et qui est désormais privée de ses souvenirs des quarante dernières années.

À son arrivée à la maison de retraite, Julia fait la connaissance de ses nouveaux collègues, mais surtout des vingt-et-un pensionnaires hauts en couleur. Ses journées sont rythmées par l'encadrement d'activités et par des entretiens individuels hebdomadaires avec chaque pensionnaire. Même si elle effectue son travail avec un grand professionnalisme, elle veut instaurer une distance entre elle et les retraités, qu'elle a du mal à considérer comme des personnes à part entière, ayant vécu leur vie, avec leurs joies et leurs peines.

DE NOUVELLES ÉMOTIONS

Cependant, peu à peu, elle sympathise avec deux de ses collègues, Marine, la jeune aide-soignante, et Greg, l'animateur, ainsi qu'avec certains pensionnaires. Un jour, trois retraitées invitent Julia à les rejoindre pour le cours de gymnastique réservé aux séniors. La jeune femme s'y rend, pensant que même si elle n'est pas sportive, un cours pour personnes âgées est à sa portée. Elle se trompe lourdement et se bloque le dos. Le médecin qui s'occupe d'elle fait preuve de mépris vis-à-vis des personnes âgées, insinuant même qu'une canicule meurtrière comme celle de 2003 serait bienvenue. Julia se rend compte qu'elle apprécie les pensionnaires, car elle voudrait les défendre avec véhémence face à ce genre de remarques.

Neuf mois après leur séparation, Marc contacte Julia par téléphone. Celle-ci ignore d'abord son appel, mais émue par Élisabeth et Pierre, le seul couple marié de la maison de retraite qui va célébrer ses soixante ans de mariage, elle le rappelle et accepte de le revoir. Il s'excuse de ne pas avoir été présent à la mort de son père et affirme l'aimer toujours. Julia, qui était fébrile à l'idée de ces retrouvailles, ne ressent rien et a l'impression de ne plus le connaitre. Néanmoins, elle le rejoint dans sa chambre d'hôtel où ils font l'amour, ce qui lui confirme que leur histoire est terminée. Lorsqu'elle l'en informe, il s'emporte et enchaine les remarques blessantes.

Un jour de mai, Marilyne, dite Miss Mamie, décède dans son sommeil. Cette expérience remet Julia face à son propre deuil et à sa propre douleur. Lorsque la fille de Marilyne vient pour emporter les affaires de sa mère, elle découvre des lettres prouvant que sa mère a été amoureuse d'un Allemand pendant la guerre. Julia réalise alors que les personnes âgées sont aussi de vraies personnes, avec leurs amours, leurs bonheurs et leurs douleurs, tout comme elle.

UNE RENCONTRE CRUCIALE

Suite au décès de Marilyne, une nouvelle pensionnaire nommée Rosa arrive aux Tamaris. Comme elle n'est pas sure de vouloir y rester, elle est placée dans l'un des studios temporaires, où les résidents potentiels peuvent séjourner quelque temps avec un proche, pour voir s'ils se plairaient à la maison de retraite. Elle y est rejointe par son petit-fils Raphaël, venu de Londres, qui ne laisse pas Julia indifférente. Il passe quelques jours avec sa grand-mère, le temps qu'elle s'adapte à sa nouvelle vie, puis retourne à Londres. Il entame une correspondance par e-mail avec Julia pour avoir des nouvelles de Rosa.

Parallèlement, Carole, la sœur de Julia, découvre que celle-ci est revenue à Biarritz et est profondément déçue. Néanmoins, le jour du premier anniversaire de la mort de leur père, elle lui rend visite aux Tamaris et elles passent la journée ensemble à explorer leurs souvenirs et se réconforter.

Raphaël revient pour quelques jours à Biarritz et passe la journée à la plage avec Julia, ainsi que Greg et Marine, les collègues de celle-ci. Ces derniers font tout pour essayer de jouer les entremetteurs entre Raphaël et Julia. Après son départ, les échanges d'e-mails se poursuivent et la jeune femme s'interroge : serait-il possible qu'il soit également intéressé par elle ?

Un soir, alors que Raphaël est présent, ils décident de tenter de surprendre les voix qu'ils entendent parfois le samedi soir. À leur grande surprise, ils découvrent plusieurs résidents qui fument du cannabis dans le potager. En raccompagnant Julia à son studio, Raphaël l'embrasse pour la première fois. Effrayée d'être à nouveau blessée par un homme, elle se montre par la suite très froide avec lui.

Au mois de septembre, alors qu'il ne reste plus qu'un mois à son contrat de remplacement et qu'elle sait que celui-ci ne sera pas reconduit, Julia se rend à Paris pour passer un entretien d'embauche dans une clinique où elle a été chaudement recommandée par sa meilleure amie, Marion. Celle-ci reproche à Julia de trouver des excuses pour ne pas succomber aux charmes de Raphaël et lui rappelle qu'elle a le droit d'être heureuse.

LE BONHEUR RETROUVÉ

Raphaël revient quelques jours plus tard aux Tamaris. Julia pense qu'il lui en veut, car elle n'a pas répondu à son dernier mail, où il lui avouait qu'elle allait lui manquer une fois son contrat terminé. Les résidents, conscients qu'il se passe quelque chose entre Julia et Raphaël, leur préparent un diner surprise. Raphaël avoue qu'il n'en veut pas à Julia, qu'il est simplement tracassé, car il vient de perdre son travail à Londres et ne sait pas de quoi son futur sera fait. Ce soir-là, ils font l'amour, mais les réticences de Julia ne s'envolent pas pour autant. Raphaël repart, la laissant à nouveau remplie de doutes. Inspirée par le discours de certains pensionnaires, elle décide cependant quelques jours plus tard de le rejoindre à Londres.

Ce weekend scelle véritablement leur amour. Julia retourne ensuite à Biarritz pour les derniers jours de son contrat et le mariage de Gustave et Louise. Cette dernière avoue à Julia qu'elle ne l'a pas reconnue tout de suite, mais qu'elle savait depuis quelque temps qui elle était. La cérémonie est également l'occasion pour Julia de retrouver sa mère, et de lui expliquer les raisons qui l'ont poussée à rester seule pour faire son deuil, et par conséquent à ne pas l'informer de sa présence à Biarritz.

Ce même jour, Raphaël revient et annonce à Julia qu'il a un entretien d'embauche à Paris. Ils y déménagent ensemble pour commencer une nouvelle vie.

ÉTUDE DES PERSONNAGES

JULIA

Âgée de trente-deux ans, Julia est psychologue. Le décès inattendu de son père l'a profondément affectée, la lançant dans une spirale infernale pour tenter d'apaiser sa douleur. Anxieuse et hypocondriaque, le travail est sa planche de salut.

Quand Julia arrive aux Tamaris, elle choisit délibérément de ne pas informer sa mère et sa sœur de son retour à Biarritz. Cette volonté de vivre un mensonge culmine lorsqu'elle va passer le weekend chez sa mère, et qu'elles se retrouvent à l'aéroport. La jeune femme fait mine de débarquer du vol Paris-Biarritz pour que sa mère ne se doute pas qu'elle vit depuis plusieurs mois à seulement quelques kilomètres. Erronément, Julia pense que cet isolement lui permettra de vivre son deuil au mieux. Lorsque sa sœur la retrouve, elle réalise enfin qu'elle a besoin de partager sa peine pour la soulager.

Outre le deuil, Julia est également blessée sur le plan amoureux. Lors de la mort de son père, Marc, son fiancé et compagnon depuis sept ans, n'a pas été présent pour la soutenir, multipliant les prétextes pour s'absenter. La jeune femme a pris cette attitude pour une trahison, et l'a quitté. Elle a ensuite vécu quelque temps sur le canapé de Marion, sa meilleure amie, croyant encore qu'il reviendrait auprès d'elle pour implorer son pardon. Neuf mois plus tard, il la rejoint à Biarritz, mais elle se rend compte que leur histoire est bel et bien terminée. Cependant, son comportement a laissé des traces qui rendent Julia méfiante vis-à-vis de Raphaël : par peur d'être à nouveau blessée, elle garde ses distances. Leur attirance mutuelle a néanmoins raison de ses réticences et à la fin du roman, ils entament une histoire d'amour qui semble partie pour durer.

Les huit mois passés aux Tamaris permettent également à Julia de changer son rapport aux personnes âgées. Lorsqu'elle arrive à la maison de retraite pour la première fois, elle a envie de prendre ses jambes à son cou. Au fil des entretiens avec les différents pensionnaires, elle prend conscience de leur humanité : tous ont connu d'immenses joies et d'incroyables peines, comme elle. Cette réalisation la conduit à écrire une lettre à la Julia de quatre-vingts ans, lui souhaitant avant tout d'avoir été heureuse.

Au fil du roman, Julia se détache de sa peine et apprend à se reconstruire. Les différentes rencontres qu'elle fait tout au long de ces huit mois lui permettent de réaliser que la vie est brève, et que même si elle a perdu son père, elle a le droit au bonheur dont elle se croyait privée à jamais.

MARINE ET GREG

Marine et Greg sont deux collègues de Julia, qui habitent comme elle dans la maison de retraite.

Marine a une dizaine d'années de moins que Julia. Elle a rejoint la maison de retraite en tant qu'aide-soignante, après que son fiancé l'a quittée pour une autre très peu de temps avant leur mariage. Franche, voire parfois brutale, elle déstabilise d'abord Julia, mais une véritable amitié sincère nait entre elles.

Greg travaille aux Tamaris comme animateur. Au début, Marine et Julia le pensent gay, car il est très bien habillé et ne cesse de mentionner un certain Jean-Luc, dont la mort l'a beaucoup affecté. Cependant, les filles découvrent qu'il s'agissait en vérité de son chien et que Greg est tout à fait hétérosexuel puisqu'il en pince pour Marine. Ils entament alors une relation sérieuse, d'abord dissimulée aux pensionnaires, puis pleinement assumée.

Greg et Marine invitent souvent Julia à des « soirées colocs », où celle-ci se sent de mieux en mieux. Ils y partagent alcool et secrets. Greg et surtout Marine se positionnent en entremetteurs et multiplient les allusions lorsque Raphaël est dans les parages, car ils ont remarqué que Julia était sous son charme.

RAPHAËL

Raphaël est le petit-fils de Rosa. Dès son arrivée aux Tamaris, Julia se sent irrésistiblement attirée par lui, mais tente de se persuader – à tort – qu'il ne ressent pas la même chose pour elle.

Très attaché à sa grand-mère, Raphaël passe souvent plusieurs jours aux Tamaris, dans l'un des studios réservés aux proches, afin de s'assurer qu'elle s'adapte bien à son nouvel environnement. Il est très pris par son travail à Londres, et profondément affecté quand son entreprise dépose le bilan.

Durant ses passages aux Tamaris, il se rapproche de Julia. Il se révèle être un personnage sympathique et taquin, tant par les échanges qu'il entretient avec Julia en personne que ceux par e-mail. Pas rancunier, il ne tient pas rigueur à Julia de son comportement froid après leur premier baiser ni après la première fois qu'ils font l'amour.

À la fin du roman, Julia est celle qui fait un pas en avant en se rendant à Londres pour avouer ses sentiments à Raphaël. Celui-ci l'accueille à bras ouverts. En retour, il décide d'accepter un emploi à Paris pour pouvoir y vivre avec elle et commencer une nouvelle vie.

GUSTAVE

Dès le début du roman, Gustave est estampillé comme le pitre de service, enchainant farces et blagues (sa préférée étant « Ça va, Lise ? »). Ce côté comique cache en réalité une profonde blessure : il ne lui reste plus que sa fille, Martine, mais celle-ci refuse de venir lui rendre visite. Gustave s'occupe également du potager de la résidence, où il cultive discrètement du cannabis, qu'il partage avec certains autres pensionnaires le samedi soir. Au fil des pages, il se rapproche de Louise et l'épouse à la fin du roman.

LOUISE

Membre du « gang des mamies », un trio de vieilles dames toujours fourrées ensemble, Louise est arrivée aux Tamaris suite à un AVC qui a effacé les quarante dernières années de sa vie de sa mémoire. Elle est la véritable raison de la venue de Julia aux Tamaris : c'est Maminou, sa grand-mère. Tout au long du roman, la narratrice sous-entend qu'elle a perdu sa grand-mère peu de temps après son père, sans jamais utiliser les termes « mort » ou « décès » : en vérité, il s'agit d'un autre type de mort, puisque Louise est toujours bien présente, mais ne se souvient plus de sa petite-fille pendant la plus grande partie du roman.

Ce n'est pas étonnant que Louise soit la personne, à la fin du roman, qui encourage Julia à profiter de la vie tant qu'elle le peut, avec une bienveillance toute grand-maternelle.

CAROLE

Carole est la sœur cadette de Julia. Avant le décès de leur père, elles entretenaient une très bonne relation, mais le deuil les a éloignées. Ayant besoin de solitude pour faire son deuil, Julia choisit de ne pas informer Carole de sa venue à Biarritz. Cependant, malgré ses stratagèmes, Marc révèle la vérité à Carole, qui se rend aux Tamaris pour exprimer à Julia toute sa déception.

Même si c'était la plus jeune de la fratrie, Carole a toujours eu la capacité de réconforter Julia facilement, comme en témoigne sa venue aux Tamaris le jour du premier anniversaire de leur père. Sa présence permet à la jeune femme de réaliser que la solitude n'était pas la solution pour avancer, et les deux sœurs se réconcilient. Loyale, Carole n'a pas prévenu sa mère de la présence de Julia à Biarritz, malgré la tristesse et la déception qu'elle a ressenties en apprenant la vérité.

CLÉS DE LECTURE

UN ROMAN « FEEL GOOD » PAR EXCELLENCE

Bien qu'encore tout récent dans la littérature française, le genre du roman « feel good » (littéralement « qui fait du bien ») a connu ses premières incarnations il y a longtemps déjà dans la littérature anglo-saxonne : *Les Quatre Filles du docteur March* de Louisa May Alcott (1868) et *Papa-Longues-Jambes* de Jean Webster (1912) sont souvent cités comme les précurseurs du genre.

En France, ce courant est véritablement arrivé en 2009, avec la publication de la traduction du roman des Américaines Annie Barrows et Mary Ann Shaffer, *Le cercle littéraire des amateurs d'épluchures de patates*. Depuis, le genre connait un véritable succès ; les livres dits « feel good » se vendent par dizaines de milliers d'exemplaires et occupent des places de choix dans les rayons des librairies. Certains psychologues lient cet essor avec la crise de 2008, qui aurait constitué un contexte favorable pour ce genre de littérature, car celle-ci offre la possibilité de s'évader d'un quotidien parfois anxiogène.

Ce genre est reconnaissable par de nombreuses caractéristiques concernant tant le fond que la forme, qu'on retrouve également dans *Tu comprendras quand tu seras plus grande* :

- **Une couverture attrayante**. À l'instar de nombreux romans « feel good », la couverture de l'édition poche de *Tu comprendras quand tu seras plus grande* est très colorée, à dominance rouge et vert, et attire forcément le regard de lecteurs potentiels dans les librairies ;

- **Un long titre contenant un verbe.** Par opposition aux polars, qui ont souvent des titres très courts, les romans « feel good » se distinguent par leurs titres relativement longs, comportant le plus souvent un verbe. Outre d'autres romans de Virginie Grimaldi (*Il est grand temps de rallumer les étoiles*, 2018 ; *Quand nos souvenirs viendront danser*, 2019), c'est également ment le cas chez d'autres auteurs du genre, comme Raphaëlle Giordano (*Ta deuxième vie commence quand tu comprends que tu n'en as qu'une*, 2015 ; *Le jour où les lions mangeront de la salade verte*, 2017) ou Carène Ponte (*Tu as promis que tu vivrais pour moi*, 2017 ; *La lumière était si parfaite*, 2021) ;

- **Un style fluide.** À l'instar de Virginie Grimaldi, les auteurs de romans « feel good » ne s'embarrassent pas de longues descriptions ou d'interminables dialogues. Le style est direct et simple, les phrases sont courtes et l'intrigue humaine est privilégiée par rapport aux prouesses linguistiques. Le roman « feel good » doit avant tout rester un agréable moment de lecture, sans effort. Chez Virginie Grimaldi, les chapitres sont souvent très courts (*Tu comprendras quand tu seras plus grande* en comporte plus de cent), ce qui permet d'interrompre sa lecture et de la reprendre facilement ;

- **L'universalité du sujet traité.** Les romans « feel good » ne traitent ni de la grande Histoire ni de science-fiction. Les sujets choisis sont toujours susceptibles de parler au plus grand nombre possible de lecteurs. Ceux-ci doivent pouvoir se retrouver dans le roman, que ce soit dans les personnages ou les situations traversées. Éventuellement, la lecture de l'œuvre peut apporter au lecteur des réponses concernant sa propre vie, ses propres questionnements. Dans le cas de *Tu comprendras quand tu seras plus grande*, la mort et l'amour, les thèmes centraux du roman, peuvent potentiellement toucher chacun ;

- **La place centrale des rapports humains.** L'intrigue des romans « feel good » tourne autour des rapports entre les personnages et de l'évolution de ceux-ci. Ce sont le plus souvent ces relations qui créent le conflit initial, et ce sont également celles-ci qui apportent la résolution finale. Dans *Tu comprendras quand tu seras plus grande*, ce sont les relations de Julia qui sont mises au centre du roman, et la façon dont celles ci lui permettent de surmonter sa peine : sa relation amoureuse (Raphaël), ses relations amicales (Marine, Greg, Marion), ses relations familiales (sa sœur et sa mère) et ses relations professionnelles (les résidents des Tamaris) ;

- **La présence discrète d'une histoire d'amour.** Les romans « feel good » sont souvent confondus avec les romans sentimentaux, car ils comportent également des histoires d'amour. Cependant, l'histoire d'amour ne constitue pas l'intrigue principale, mais seulement l'un des nombreux moyens pour le héros ou l'héroïne de (re)trouver le bonheur qu'ils recherchent. Dans *Tu comprendras quand tu seras plus grande*, Julia ne fait la connaissance de Raphaël qu'au chapitre 47, c'est-à-dire à la moitié du roman. Même si son arrivée est évidemment significative dans la trame, sa relation avec Julia ne devient pas la seule intrigue de la fin du roman ;

- **L'alternance entre le rire et les larmes.** Tout au long du roman, Virginie Grimaldi alterne les moments plus légers, destinés à faire rire (le bizutage de Julia, son blocage de dos lors d'un cours de gymnastique pour séniors) et les moments plus tristes (la mort de Marilyne, la réalisation que Louise est la grand-mère de Julia). Ce va-et-vient entre rire et larmes est typique du style « feel good » et reflète en même temps les hauts et les bas de la vie de chacun. Cependant, malgré les passages centrés sur l'émotion, il ne fait aucun doute pour le lecteur que l'histoire se terminera bien ;

- **Une fin heureuse et optimiste.** À la fin du roman, les difficultés psychologiques de l'héroïne ont toutes disparu. Même si le lecteur se doute qu'elle sera toujours attristée de la mort de son père, elle a désormais dépassé le stade du désespoir et se tourne vers l'avenir et le bonheur. L'optimisme de la jeune femme endeuillée a le potentiel d'apporter de l'espoir aux lecteurs qui seraient en train de traverser la même épreuve. Le « feel good » ne déroge jamais à sa volonté première : faire du bien au lecteur.

Notons que ces différentes caractéristiques entrainent parfois un certain snobisme à l'égard du « feel good » : le genre est alors jugé comme n'étant pas assez intellectuel, les histoires trop simples et le style d'écriture trop facile.

LA THÉMATIQUE DE LA VIEILLESSE

Une bonne partie des personnages du roman sont les pensionnaires de la maison de retraite, et sont donc très âgés. Julia, qui travaillait auparavant dans une clinique de chirurgie esthétique, se trouve pour la première fois confrontée de plein fouet à la vieillesse et ses aléas : les problèmes de santé, l'absence des proches, et surtout la mort prochaine. À son arrivée, elle garde une distance vis-à-vis des résidents, et ne voit véritablement que les mauvais côtés de la vieillesse (« Je ne veux pas devenir vieille. Jamais. » [p. 89]).

Cependant, les entretiens hebdomadaires avec les personnes âgées changent progressivement son point de vue. En découvrant chacun des pensionnaires, elle réalise que les personnes âgées sont avant tout des êtres humains comme les autres, qui ont connu l'amour, la joie et les peines (« J'ai longtemps vu les personnes âgées uniquement comme des personnes âgées, en faisant fi des personnes qui se cachaient sous leurs cheveux gris » [p. 127]). Plus le roman passe, plus elle s'attache aux diffé-rents pensionnaires, allant notamment jusqu'à organiser le soixantième anniversaire de mariage du couple Pierre et Élisabeth. La pensée de les quitter au bout des huit mois de son contrat est un véritable déchirement pour elle.

La mort de Marilyne, dite Miss Mamie, poursuit le changement enclenché chez Julia. La jeune femme se rend compte que si elle pensait auparavant que la mort de personnes âgées était moins grave (« Comme si "le Vieux" était une espèce à part, qui valait moins qu'une autre au grand troc de la vie » [p. 180]), ce n'est désormais plus le cas.

Traiter de la thématique de la vieillesse permet également de mettre en lumière l'importance de vivre sa vie pleinement. Comme le dit si bien Louise, l'une des pensionnaires des Tamaris, à Julia : « Un jour, nous aurons tous disparu. [...] Le temps passe, et on passe avec. Il est souvent trop tard quand on se rend compte que l'on est passé à côté de sa vie » (pp. 422-423). Cette leçon de vie est le coup de fouet dont Julia avait besoin pour se lancer pleinement dans sa relation avec Raphaël et accepter le bonheur dont elle se pensait privée éternellement suite à la mort de son père.

LE TRAITEMENT DE LA MORT ET DU DEUIL

Dès les premières lignes du roman, le décor est planté : Julia, l'héroïne et narratrice, vient de perdre son père de façon inattendue. Le deuil, et surtout la perte d'un parent, est un thème susceptible de parler à chaque lecteur.

Suite à la disparition de son père, Julia a réagi en sombrant dans les excès d'alcool, de nourriture et dans des relations d'un soir. C'est en s'imaginant ce qu'il penserait en la voyant qu'elle a pu avoir un déclic et a repris sa vie en main.

Tout au long du roman, Julia exprime une certaine peur de la mort. Sa rencontre avec les pensionnaires lui permet de relativiser. Même si eux sont aux portes de la mort, elle ne l'est pas encore et doit profiter de chaque instant.

Pour traiter de la thématique de la mort, Virginie Grimaldi construit une dichotomie entre Julia et les personnes âgées. Julia représente la jeunesse, encore insouciante : la mort est une problématique lointaine pour elle, jusqu'au décès de son père. La mort de celui-ci semble être la première grande tragédie de sa vie, même si elle est rapidement suivie par la rupture avec Marc, puis par l'AVC de sa grand-mère, Louise. Au début du roman, Julia voit la mort comme une profonde injustice. À l'inverse, les personnes âgées représentent l'acceptation de la mort. Tous les pensionnaires ont vécu une longue vie : tous ont perdu leurs parents et beaucoup ont perdu leur époux ou épouse. De plus, les retraités savent pertinemment bien que leur fin approche et la disparition de Marilyne le leur rappelle. Contrairement à Julia, ils n'en éprouvent aucune crainte et semblent prêts à partir quand leur heure arrivera. Alors que Julia est habitée par des peurs qui la paralysent et l'empêchent d'aller de l'avant, les pensionnaires savourent leurs plaisirs quotidiens et profitent véritablement de la vie. À la fin du roman, c'est leur philosophie de vie qui va pousser Julia à se lancer dans sa relation avec Raphaël.

La façon qu'a Julia de traiter son deuil évolue tout au long de l'intrigue. Dans les premiers jours suivant le décès de son père, elle cherche du soutien auprès de Marc, mais l'absence de celui-ci sous de faux prétextes ne fait que rajouter à sa douleur. Par la suite, elle se replie sur elle-même et sur sa solitude volontaire, excluant sa mère et sa sœur de son processus de deuil. Cependant, elle réalise quelques mois plus tard que ce n'est pas la solution idéale pour elle. Elle tente de se rapprocher de sa mère et de parler de son père lors d'une conversation téléphonique, mais celle-ci refuse, ne se sentant pas prête. Huit mois après le décès de son père, la jeune femme réalise que « faire l'autruche n'est pas la solution » (p. 174) et semble enfin prête à entamer son processus de deuil. Partager ses émotions, avec ses colocataires, mais aussi avec Raphaël, et même avec sa sœur Carole, apporte à Julia l'apaisement qu'elle ne pouvait pas obtenir en restant seule avec ses souvenirs. À travers le personnage de Julia, Virginie Grimaldi guide donc le lecteur dans les différentes étapes du deuil, du déni à l'acceptation et du repli sur soi-même à l'ouverture vers les autres.

PISTES DE RÉFLEXION

QUELQUES QUESTIONS POUR APPROFONDIR SA RÉFLEXION...

- Le roman est divisé en plusieurs parties (une partie représentant un mois passé par Julia aux Tamaris). Estimez-vous cette subdivision (supplémentaire à la division en chapitres) pertinente ? Pourquoi ?

- Chaque partie du roman est précédée d'une citation. Trouvez-vous que cela apporte un plus au roman ? Si oui, lequel ? Si non, pourquoi ?

- Le mois d'avril s'ouvre sur la citation suivante : « Être heureux ne signifie pas que tout est parfait. Cela signifie que vous avez décidé de regarder au-delà des imperfections » (Aristote). Cette citation s'applique-t-elle à Julia ? Pourquoi ?

- Selon vous, quelles sont les raisons qui ont poussé Julia à ne pas informer sa mère et sa sœur de son retour à Biarritz ?

- Quels sont les indices laissés par l'auteure sur le lien familial entre Julia et Louise ?

- Quels sont les différents ressorts comiques utilisés par l'auteure ?

- Outre la thématique de la mort, quels sont les ressorts émotionnels utilisés par l'auteure ?

- Comparez Julia lors de son arrivée aux Tamaris (chapitres 1 à 5) et lors de son dernier jour (chapitres 98 à 102).

- Dans l'épilogue, le titre est partiellement expliqué : « Tu comprendras quand tu seras plus grande » était une phrase souvent dite à Julia par son père. Selon vous, à la fin du roman, qu'a-t-elle compris ?

POUR ALLER PLUS LOIN

ÉDITION DE RÉFÉRENCE

- GRIMALDI V., *Tu comprendras quand tu seras plus grande*, Paris, Le Livre de Poche, 2016, 473 p.

ÉTUDES DE RÉFÉRENCE

- GUCHEREAU A., « Les dix auteurs français les plus vendus en 2020 » (2021), in www.livreshebdo.fr, consulté le 09/09/2021. URL : https://www.livreshebdo.fr/article/les-dix-auteurs-francais-les-plus-vendus-en-2020.

- « Roman feel good : une tendance littéraire réjouissante » (2019), in www.librinova.com, consulté le 09/09/2021.
URL : https://www.librinova.com/blog/2019/03/26/roman-feel-good-une-tendance-litteraire-rejouissante/.

- PELLÉ-DOUËL C., « Romans "feel good" : la recette du bonheur ? » (2020), in www.psychologies.com, consulté le 09/09/2021. URL : https://www.psychologies.com/Culture/Savoirs/Litterature/Articles-et-dossiers/Romans-feel-good-la-recette-du-bonheur.

Votre avis nous intéresse !
Laissez un commentaire sur le site de votre librairie en ligne
et partagez vos coups de cœur sur les réseaux sociaux !

lePetitLittéraire.fr

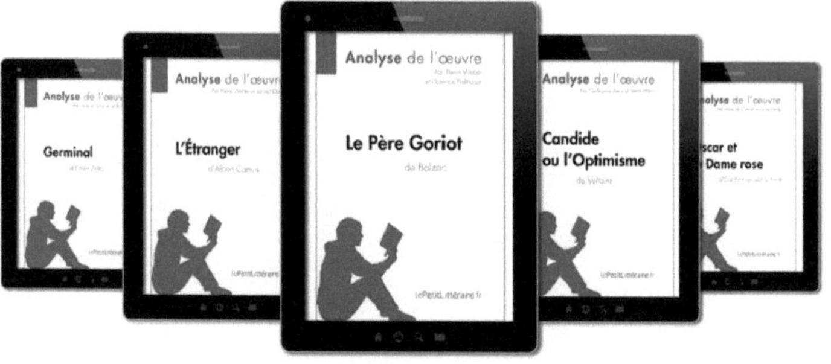

- un résumé complet de l'intrigue ;
- une étude des personnages principaux ;
- une analyse des thématiques principales ;
- une dizaine de pistes de réflexion.

**Retrouvez
notre offre complète sur
lePetitLittéraire.fr**

www.lepetitlitteraire.fr

ISBN version numérique : 9782808023238
ISBN version papier : 9782808023245
Dépôt légal : D/2021/12603/2

Conception numérique : Primento,
le partenaire numérique des éditeurs.